Ye

20917

ODE

SUR

LE MARIAGE

DE MONSEIGNEUR

LE DAUPHIN,

SUIVIE

D'une Épitre à M. le Cardinal
DE BERNIS, fur le même Sujet.

PAR M. L'Abbé DU ROUZEAU.

Cara Deûm soboles. Virg.

A PARIS;

Chez la Veuve DuchesnE, Libraire, rue Saint Jacques,
au Temple du Goût.

M. DCC. LXX.

O D E

SUR

LE MARIAGE

DE MONSEIGNEUR

LE DAUPHIN.

Quand du plus haut des Cieux, de son affreux Tonnerre,
L'Éternel redoublant les coups précipités,
A châtié longtems les crimes de la terre,
Et foudroyé l'orgueil des Mortels révoltés;
    Prosternée aux pieds de son Throne,
La clémence à son cœur livre un dernier assaut....
Le Dieu le cède enfin au Père, qui pardonne,
Et la foudre s'éteint dans les mains du Très-Haut.

Alors, du fein bruyant des terribles orages,
On voit naître foudain le calme & le repos :
L'onde ne mugit plus, le Ciel eft fans nuages,
Et les vents font rentrés dans leurs fombres cachots.
 Soudain la clarté vive & pure,
Du nouveau jour qui luit aux Mortels éperdus,
Semble, à leurs triftes yeux, rajeunir la Nature,
Et leur faire oublier des maux qui ne font plus.

Ce jour, tant defiré (a), c'eft toi qui le ramènes,
Cher Prince, à ton Hymen, le Ciel le réfervait ;
Et nous ofons penfer, quand il tarit nos peines,
Qu'à ton fenfible cœur fans doute il le devait.
 Par ce plus charmant des préfages,
Que d'affreux fouvenirs déjà font effacés !
Et combien tes vertus font pour nous d'heureux gages
De-l'éternel oubli de nos malheurs paffés !

Ç'en eft fait : qu'à ma voix, des voûtes éthérées,
Mille Efprits s'élançant, parcourent l'Univers :
Que, d'un bonheur commun à toutes les Contrées,
Ils donnent le fignal fur la terre & les mers.....

_____

(a) Les défaftres d'une guerre auffi longue que meurtrière, les deuils continuels qui ont couvert la France, depuis la paix : Voilà les triftes époques qui ont précédé ce *Jour fi defirable*. Le Mariage de Monfeigneur le DAUPHIN eft le premier événement heureux dont la Nation ait joui depuis longtems.

Ils font partis : leurs voix s'uniſſent,
Ils verſent le plaiſir dans les cœurs enchantés ;
De leurs cris triomphans les échos retentiſſent,
Et l'on entend ces mots mille fois répétés.

» Peuples, voici le jour de l'Auguſte Alliance,
» Qui doit combler enfin votre eſpoir & vos vœux ;
» Égaux par les vertus, égaux par la naiſſance,
» Deux illuſtres Époux en vont former les nœuds.
     » D'une lueur flatteuſe & vaine
» Ne craignez point de voir abuſer vos ſouhaits ;
» Par eux l'Amour enfin triomphe de la Haine,
» Et l'Hymen vient ſceler l'ouvrage de la Paix «.

Que les temps ſont changés ! … quel bienfaiſant génie
A pû, dans un inſtant, finir tous nos malheurs ;
Et banniſſant au loin la Diſcorde & l'Envie,
Au joug de l'Amitié ramener tous les cœurs ?
     Je vois nos rivaux implacables,
Ravis de ne former qu'un ſeul peuple avec nous,
Entraîner l'Univers dans leurs nœuds chériſſables....
France ! bénis ton ſort, tu n'as plus de jaloux.

Peuple heureux par tes Rois, Peuple digne de l'être
C'eſt à toi de ſentir l'excès de ton bonheur ;
Tu le dois à L O U I S .... adore, dans ton Maître,
Ton Père, ton ami, ton premier Bienfaiteur.

A iij

Au gré de fa tendreffe extrême,
La Reine qu'aujourd'hui te choififfent fes mains,
Pouvait feule t'aimer comme il t'aime lui-même,
Et t'affûrer les cœurs du refte des Humains.

O modèle des Rois! Si LOUIS, dans la guerre,
Parmi les noms fameux vit fon nom redouté,
Il le fit moins fervir aux malheurs de la terre,
Qu'au généreux projet de fa félicité.
    Témoin ce jour (b) où la Victoire
Lui foumit les deftins de fes Rivaux défaits:
Europe! il t'en fouvient; c'eft dans ce jour de gloire,
Qu'il brifa fon tonnerre & te donna la paix.

Depuis, pour étouffer nos difcordes nouvelles,
Combien n'offrit-il point d'immoler de fes droits?
Par combien de tableaux de nos peines mortelles,
Sur le fort des Sujets fit-il gémir les Rois?
    Malgré fa rage fanguinaire,
Albion l'entendit & fe laiffa toucher;
La féroce Albion, en regrettant la guerre,
Soufcrivit à la paix (c) qu'il lui fçut arracher.

(b) Les journées de Fontenoy & de Lauffeld.
(c) La dernière Paix générale.

Eſt-ce un Mortel, un Dieu, qui, du Pô juſqu'au Tage,
A fait parler du ſang le cri victorieux?...
Trois Bourbons, à ſa voix rendent le même hommage,
Et de leur foi ſincère ils atteſtent les Cieux.

    Qu'à jamais les Peuples béniſſent
Ce Nœud (d) cher & ſacré, l'ouvrage de LOUIS!
Le premier bien pour eux, c'eſt que les Rois s'uniſſent,
Le plus grand de leurs maux, c'eſt qu'ils ſoient déſunis.

Fille de CHARLES-QUINT, rivale de ſa gloire,
Eh! quoi? rougirois-tu de ſa haîne pour nous?....
A ce Pacte immortel, l'honneur de notre hiſtoire,
Je vois contre la France expirer ton courroux.

    Tu deſires.... mon Roi propoſe....
Le Traité (e) ſe conſomme, il bravera les tems,
Le bonheur des Humains eſt ſa première clauſe,
Et la tendre Nature en offre les garans.

Mais quel Monde nouveau, dans ſa brillante aurore,
Vient frapper mes eſprits de ſa vive beauté?
Les Arts & les Vertus ſemblent le faire éclore....
Eſt-ce une illuſion que ſa félicité?....

(d) *LE PACTE DE FAMILLE:* il a été négocié, ainſi que le Mariage de Monſeigneur le DAUPHIN, par M. le Duc de Choiſeul.

(e) Le Traité d'Alliance entre la Maiſon d'Autriche & celle de Bourbon, ménagé & conclu par M. le Cardinal de Bernis, à qui l'Epître ſuivante eſt adreſſée.

« » Peuples & Rois faites silence :
» » Des Mortels divisés l'accord est résolu ;
» » L'Aigle s'unit aux Lys, votre bonheur commence ;
» » Cet oracle est des Cieux, je dois en être cru «.

Changement fortuné ! je vois d'Augustes Frères,
Où jadis je voyois des rivaux furieux ;
Où j'ai vu des Tyrans, je ne vois que des Pères,
Tous les Rois sont amis, tous les Peuples heureux.
        A la Paix on élève un Temple :
Pour le rendre immortel tout conspire à l'envi ;
Quand LOUIS & THERESE en ont donné l'exemple,
De l'Univers entier il doit être suivi.

Il le fera. Malheur au Conquérant sauvage,
Dont le farouche orgueil, ivre d'ambition,
Osera le premier, dans son aveugle rage,
Fouler aux pieds les nœuds d'une sainte union.
        Qu'armés de leur brûlant tonnerre,
Les Dieux, justes vengeurs, aux gouffres de l'Enfer
Plongent un monstre né pour désoler la terre,
Et qu'il tombe écrasé sous son sceptre de fer.

Et toi, de qui le cri, ce doux cri d'une Mère,
Fut de tes Fils ingrats si longtems méconnu ;
Sensible Humanité, de ta douleur amère,
Taris enfin le cours, ton triomphe est venu.

Envain l'Orgueil & l'Impofture
Frémiffent à tes pieds en reclamant leurs droits;
La fière Vérité les rend à la Nature,
Et deffille les yeux des Peuples & des Rois.

≡

Volez à fon flambeau, nobles Fils d'Uranie,
Beaux-Arts, femez par-tout vos rayons & vos feux;
Le fiècle de la Paix eft celui du Génie,
Et l'Homme eft avec vous plus fage & plus heureux.
Allez; dans votre vole agile,
De l'un à l'autre Pole enchaînez les efprits;
De l'Univers entier ne formez qu'une Ville,
Dont tous les Citoyens foient un Peuple d'amis.

≡

O! furcroît de bonheur!... fur des rives ingrates,
Le Commerce plus libre ouvre tous fes canaux;
Il vogue en fûreté, la mer eft fans Pirates,
Il couvre l'Océan de fes nombreux Vaiffeaux.
Échangeant du Nord au Tropique,
De cent Peuples divers les fruits & les tréfors;
Le fang ne rougit plus la main qui les trafique;
Et l'Homme de fes dons peut jouir fans remords.

≡

Enfin il eft un Art, l'honneur de la Nature,
Que l'Orgueil accabloit d'un faftueux dédain;
Longtems il attendit qu'on vengeât fon injure,
Le Vengeur a paru, fon triomphe eft certain.

Preffé fous une main Royale (ſ),
Le foc dè Triptolême a repris fa fplendeur.....
Nobles Agriculteurs, Ah! votre gloire égale,
De vos jours vertueux, le paifible bonheur.

Ainfi donc, fous les loix de Janus & d'Aftrée,
L'âge d'or, fi vanté, va renaître ici bas....
Ils defcendent tous deux, & je vois l'Empirée
S'embellir des Vertus qui volent fur leurs pas.

A la fois injufte & barbare,
La Terre, à leur afpect, abjure fes forfaits.....
Rentrez, Vices, rentrez dans la nuit du Tenare,
Ainfi l'ont ordonné la Juftice & la Paix.

(ſ) L'on a gravé Monfeigneur le Dauphin s'effayant à la charrue ;
c'eft avoir confacré un des t aits de fa vie, qui honore le plus un Prince.

ÉPÎTRE

A SON ÉMINENCE
LE CARDINAL DE BERNIS,
SUR LE MARIAGE
DE MONSEIGNEUR
LE DAUPHIN.

DEpuis que, Conquérans avides,
Les Rois, Auteurs de nos revers,
Ont, de leurs fureurs homicides,
Défolé ce trifte Univers;
Depuis que l'Art des Manifeftes,
Qui n'eft que l'art de rompre les Traités,
A déployé fes reffources funeftes,
Et mis le comble à nos calamités;
BERNIS, tu fais combien notre Globe a vu naître
De Défpotes cruels, de Monarques fans foi ;
Que de Tyrans pour un bon Maître,
Et combien d'Oppreffeurs parés du nom de Roi.

Ils formèrent , à leur exemple ,
De leurs vils Favoris l'essain adulateur,
Et la Cour fut un Temple
Où , de l'idole qu'il contemple ,
Le Courtisan devint toujours l'imitateur.

Mais pourtant , dans la foule immense
Des *Tyberes* & des *Séjans* ,
Nous découvrons, de distance en distance ,
Quelques *Plines* , quelques *Trajans.*

Quand ton Roi , de sa confiance ,
BERNIS , se plaît à t'honorer ,
Et que sur ta haute prudence ,
Sur ta sublime intelligence ,
Tes succès éclatans viennent le rassûrer ;
Lorsque pour soutenir , avec magnificence ,
Les titres dont sa main voulut te décorer ,
Il y joint , avec affluence ,
Les dons brillans de l'opulence....
O BERNIS ! qui ne s'écriera
Que c'est *Trajan* qui récompense
Un autre *Pline* qu'il aima ?

Tu n'as point , il est vrai , de l'un à l'autre Monde ,
Fait voler cent mille assassins ,
Entraînés par ta voix , ces monstres inhumains ,
N'ont point rougi la Terre & l'Onde
Du sang répandu par leurs mains.

Abusant du vaste génie
Dont la Nature t'a doté,
Tu n'as point nourri, fomenté
Dans les esprits de ta Patrie,
Ce desir toujours agité,
Ce feu de la rivalité,
Qui veut tout engloutir, que rien ne rassasie,
Et qui, l'effet d'un Orgueil *exalté*,
Est moins valeur que frenésie;
Atteste moins le courage indompté
D'une Nation aguerrie,
Qu'il ne peint sa férocité.

Ah! loin de nous & loin de nos Monarques
Ces Partisans outrés de l'honneur des Etats,
Qui voudroient, de leur zèle éternisant les marques,
Faire, d'un Peuple entier, un Peuple de Soldats,
» Ainsi s'aggrandit un Empire..... «.
Cruels! .... Mais c'est au prix du sang de ses Sujets :
De ses affreux exploits l'Humanité soupire,
Et sa gloire n'est plus qu'un tissu de forfaits.

Ennemi de l'instinct barbare,
Dont je trace ici les horreurs,
Et qui, des cœurs dont il s'empare,
Ainsi que d'un autre Tenare,
Fait sans cesse éclatter de nouvelles fureurs.

BERNIS, durant ton Miniſtère,
Si ton ame exhala jamais
Quelques ſoupirs, quelques ſouhaïts,
Tes ſoupirs tomboient ſur la guerre,
Et tes vœux étoient pour la paix.

L'Europe alors, de la Diſcorde,
Voyoit de toutes parts étinceler les feux;
Mais inſpiré d'un Roi, l'ami de la Concorde,
Tu ſentis s'enflammer ton zèle généreux.

Que ne peut un cœur pacifique,
Doué de Vertus, de Talens,
Qui fait dépendre en tous les tems
L'amour le plus patriotique,
De la félicité publique,
Et confond ces deux ſentimens?
Si, loin de l'artifice oblique,
La noble franchiſe eſt ſa loi;
Si, d'une bouche véridique,
Portant l'aſſûrance avec ſoi,
Il rétablit partout la foi,
Et cette eſtime ſympathique,
Qui rappelle l'amour en banniſſant l'effroi,
Chacun alors juge avec moi
Que, malgré les complots d'une cabale inique,
De ce grand cœur, la Politique
Doit faire triompher le Miniſtre & ſon Roi.

Je ne m'abufe point, BERNIS, & cet oracle
    Par tes fuccès fut attefté.
    L'implacable Rivalité
T'oppofa vainement obftacle fur obftacle;
Ton fublime génie entreprit un miracle
    Que confomma ta probité.

    O! Politique plus qu'humaine,
    Qu'à mes yeux ta gloire a de prix !
    A peine, à ta voix fouveraine,
    La Nature eut mêlé fes cris,
    Que les BOURBONS furent unis,
    Et qu'abjurant pour eux la haîne
    Dont fes Ayeux s'étoient nourris,
    On vit une puiffante Reine
    Les adopter pour fes amis.

    Du même coup ta prévoyance,
    BERNIS, ménageoit ces beaux feux,
    Qui, d'une première Alliance,
    Devoient multiplier les nœuds;
    Et fixant, avec complaifance,
    Ce jour à jamais glorieux,
    Le terme de ton efpérance,
    Le complément de tous nos vœux,
    Ton grand cœur s'enivroit d'avance
    De l'allégreffe de la France,
Et des cris triomphans de vingt Peuples heureux.

J'ose à tous tes pareils offrir un Miniftère
 Marqué par d'auffi nobles traits;
 Né jufte, humain, généreux & fincère,
  Ce fut d'après ton caractère,
  Que tu formas tous tes projets:
Au bonheur des Mortels, ton ame toute entière
Se dévoua : le Ciel y joignit les fuccès;
  Et chez toi, L'ANGE DE LUMIÈRE
  Couronna celui de la Paix.

  O BERNIS ! reçois un hommage
Que ne m'a point dicté l'efpoir de la faveur:
J'entends toute la France y joindre fon fuffrage,
Je puis donc te louer fans paroître flatteur.
  Oui, c'eft par toi, c'eft à ta gloire
Que nous voyons briller ce jour fi folemnel,
Et le fenfible Hymen, au Temple de Mémoire,
D'accord avec nos cœurs, te réferve un Autel.

FIN.

APPROBATION.

J'Ai lû, par ordre de Monfeigneur le Chancelier, Garde-des-Sceaux, un Manufcrit intitulé : *Ode fur le Mariage de Monfeigneur le Dauphin*, &c. & je n'y ai rien trouvé qui doive en empêcher l'impreffion. A Paris, ce 6 Avril 1770.
       LE BRUN.